小小的寶藏
U0087781

© 小小的寶藏
——寄居蟹與海葵的共生

文　　圖	劉小屁
責任編輯	朱君偉
美術設計	黃顯喬
發 行 人	劉振強
著作財產權人	三民書局股份有限公司
發 行 所	三民書局股份有限公司
	地址　臺北市復興北路386號
	電話　(02)25006600
	郵撥帳號　0009998-5
門 市 部	(復北店)臺北市復興北路386號
	(重南店)臺北市重慶南路一段61號
出版日期	初版一刷　2018年11月
編　　號	S 317611

行政院新聞局登記證局版臺業字第〇二〇〇號

ISBN　978-957-14-6491-6　(精裝)

http://www.sanmin.com.tw　三民網路書店

小小的寶藏

寄居蟹與海葵的共生

劉小屁／文圖

小小是寄居蟹家族裡最小的一隻，
他有一雙小小的螯
和一間小小的屋子。

大_{ㄉㄚˋ}寄_{ㄐㄧˋ}居_{ㄐㄩ}蟹_{ㄒㄧㄝˋ}們_{ㄇㄣ˙}很_{ㄏㄣˇ}疼_{ㄊㄥˊ}愛_{ㄞˋ}小_{ㄒㄧㄠˇ}小_{ㄒㄧㄠˇ}，總_{ㄗㄨㄥˇ}是_{ㄕˋ}陪_{ㄆㄟˊ}著_{ㄓㄜ˙}他_{ㄊㄚ}四_{ㄙˋ}處_{ㄔㄨˋ}玩_{ㄨㄢˊ}耍_{ㄕㄨㄚˇ}。小_{ㄒㄧㄠˇ}小_{ㄒㄧㄠˇ}每_{ㄇㄟˇ}天_{ㄊㄧㄢ}都_{ㄉㄡ}很_{ㄏㄣˇ}開_{ㄎㄞ}心_{ㄒㄧㄣ}。

遇到了可怕的壞蛋，

哥哥們也總是挺身而出保護他。

小小很想像哥哥們一樣強壯、勇敢，

所以每天認真吃飯、運動，

希望有一天可以保護大家。

可惜長大需要花很多時間，

小小努力訓練了好一陣子，

卻還是家族裡最小的寄居蟹。

小小還是小小的，

遇到危險只好躲在哥哥背後。

小小還是小小的，

害怕的時候只能縮在殼裡發抖。

有一天，

小小遇見了一隻拳擊蟹，

他奮力揮舞雙手，

竟然嚇跑了大章魚。

拳擊蟹跟小小說：
「海葵森林裡有一種好厲害的寶藏，
有了他，
你再也不用害怕章魚和大螃蟹囉！」

小小鼓起勇氣，

出發尋找拳擊蟹口中的

海葵森林。

歷盡千辛萬苦，

小小終於來到海葵森林。

海葵們看見小小，

都興奮的高舉觸手，

歡迎小小的到來。

在許多鮮豔華麗的海葵中，
小小看見了一朵和他一樣小小的、
可愛的小海葵。

小小邀請小海葵住到自己的殼上，
小房子變得更美麗了。
雖然小小還是不明白
拳擊蟹說的寶藏是什麼。

小小和小海葵
準備一起去旅行。
開心的他們沒有發現
可怕的事情將要發生……

「嘿～ 嘿～ 嘿～

我要吃掉你們！」

大章魚伸出長長的腳，

把小小嚇得縮回屋子裡發抖。

想要保護小海葵的小小

著急的哭了出來。

沒想到小海葵身上的觸手

把大章魚刺得好痛，

大章魚只好快快逃跑了。

看起來溫柔又弱小的小海葵

竟然保護了小小。

小小這才明白，

原來拳擊蟹說的寶藏，

就是背上的小海葵啊！

知識補給站

不同種生物間的互助合作

物競天擇、弱肉強食可說是大自然的法則，但是弱小的生物也會有牠們的生存之道，就好比寄居蟹與海葵的共生關係。

寄居蟹是一種節肢動物，牠的外型介於蝦和蟹之間，大多數會寄居在螺殼之中。根據居住的環境，寄居蟹可分為海棲寄居蟹和陸寄居蟹。海棲寄居蟹會在海洋裡或海灘礁岩淺水裡被發現，而陸寄居蟹則會在海灘沿岸或內陸地帶被發現。寄居蟹是一種雜食動物，從藻類、食物殘渣、寄生蟲無所不吃，因此被稱為海邊的清道夫，對整個大自然海洋生態鏈的維護，有著相當大的貢獻和幫助。寄居蟹的天敵除了章魚和大螃蟹外還有大型魚類，章魚會用八隻腳把寄居蟹從殼裡拖出來飽餐一頓，為了抵禦天敵，寄居蟹選擇與海葵合作。

海葵是一種無脊椎動物，雖然看上去很像花朵，但牠是捕食性的動物。海葵的觸手佈滿內含毒液的刺絲胞，用來捕食和抵禦天敵。海葵多數棲息在淺海和岩岸的水窪或石縫中，由於行動緩慢捕食不易，因此寄居蟹會把海葵背在殼上，於是牠們有了「共生」的關係。寄居蟹靠著殼上的海葵抵禦天敵；而海葵靠寄居蟹增加獲得食物的機會，互利互惠、製造雙贏的局面。

並不是所有的寄居蟹都與海葵有「共生」的關係，也不是與海葵共生的蟹類就只能把牠背在殼上：「拳擊蟹」就是把海葵握在兩隻螯上。拳擊蟹的體型不大，也沒有威猛的大螯，為了威嚇敵人，拳擊蟹會揮舞持握海葵的螯，嚇阻敵人保護自己。

作者簡介

劉小屁

本名劉靜玟，臺北市立師範學院畢業。
離開學校後一直在創作的路上做著各式各樣有趣的事。
接插畫案子、寫報紙專欄，作品散見於報章與出版社。
在各大百貨公司與工作室教手作和兒童美術。
2010 第一本手作書《可愛無敵襪娃日記》出版。
2014 出版了自己的 ZINE《Juggling from A to Z》。
開過幾次個展，持續不斷的在創作上努力，兩大一小加一貓的日子過得幸福充實。

給讀者的話

《小小的寶藏》是一本結合了科普知識和品格教育的繪本。
我們以寄居蟹與海葵的共生關係為基礎，展開了一個小小的冒險故事。
故事中的主人翁「小小」，是一隻特別弱小的寄居蟹，
卻在獲得海葵朋友的幫助後，變得更加勇敢堅強。
或多或少，每個人都有不夠厲害的地方，
能夠提起改變的勇氣，邁出步伐，找到可以相伴的朋友，是最珍貴的寶藏。
「小小的也沒有關係，只要和你在一起，就能變得更堅強」。
如果每個孩子都能有這樣的夥伴，那就太好了。
在查資料的過程中看到了一段視頻。
寄居蟹長大要換殼，換了殼的寄居蟹沒有拋下舊殼上的海葵，
而是花了許多時間，輕輕的、溫柔地將海葵從舊殼上拔下來，
再慢慢地放在新殼上。
無論物換星移，朋友永遠是最重要的寶藏。很讓人感動不是嗎？
你找到你的寶藏了嗎？